Catalogage avant publication de Bibliothèque et Archives nationales
du Québec et Bibliothèque et Archives Canada

Gravel, François

    Peur pas peur, j'y vais!

    (Les histoires de Zak et Zoé ; 7)
    (Série Cinéma extrême)
    Pour enfants de 7 ans et plus.

    ISBN 978-2-89591-155-5

    I. Germain, Philippe, 1963- . II. Titre. III. Collection: Gravel, François.
    Histoires de Zak et Zoé ; 7. IV. Collection: Gravel, François. Série Cinéma
    extrême.

PS8563.R388P48 2012   jC843'.54   C2012-940522-1
PS9563.R388P48 2012

Correction et révision : Annie Pronovost

Tous droits réservés
Dépôts légaux : 3e trimestre 2012
Bibliothèque nationale du Québec
Bibliothèque nationale du Canada
ISBN 978-2-89591-155-5

© 2012 Les éditions FouLire inc.
4339, rue des Bécassines
Québec (Québec) G1G 1V5
CANADA
Téléphone : 418 628-4029
Sans frais depuis l'Amérique du Nord : 1 877 628-4029
Télécopie : 418 628-4801
info@foulire.com

Les éditions FouLire reconnaissent l'aide financière du gouvernement du
Canada par l'entremise du Fonds du livre du Canada pour leurs activités
d'édition.

Elles remercient la Société de développement des entreprises culturelles du
Québec (SODEC) pour son aide à l'édition et à la promotion.

Elles remercient également le Conseil des Arts du Canada de l'aide accordée
à leur programme de publication.

Gouvernement du Québec – Programme de crédit d'impôt pour l'édition de
livres – gestion SODEC

Les histoires de **Zak** et **Zoé**

Peur pas peur, j'y vais !

François Gravel

Illustrateur : Philippe Germain

Chapitre 1
DE SOMBRES AVERTISSEMENTS

Zoé et moi aimons regarder des films. Même quand ils ne sont pas très bons, nous pouvons nous amuser avec notre télécommande spéciale.

Depuis que le chien de Zoé l'a mâchouillée, il suffit d'appuyer sur une touche pour naviguer avec des pirates, libérer des princesses enfermées dans des grottes ou nous lancer à la poursuite de bandits. Nous participons à l'action pour de vrai !

Nous regardons toujours le film une première fois avant de plonger dans l'histoire. Ça nous permet de choisir les meilleurs moments, et c'est plus prudent. On ne sait jamais.

Aujourd'hui, cependant, Zoé veut vivre les aventures en même temps que les personnages, sans connaître à l'avance le dénouement de l'intrigue. Je n'ose pas le lui dire, mais j'ai peur, surtout que nous avons choisi un film d'horreur !

– As-tu lu les avertissements sur le boîtier ? lui dis-je. Il paraît que ce film contient des scènes qui pourraient ne pas convenir à tous les publics.

– Ils disent toujours ça ! répond Zoé en haussant les épaules. Je te parie qu'ils nous préviennent aussi qu'il y aura du langage. Pourquoi ne pas nous avertir qu'il y aura des images, un coup parti ? Il ne peut rien nous arriver de très grave, Zak : c'est du cinéma ! S'il se passe quoi que ce soit de vraiment inquiétant, j'appuierai sur « pause » ou sur « arrêt », d'accord ?

– ... Es-tu sûre que la télécommande fonctionne encore ?

– Les piles sont neuves et j'en ai deux autres en réserve dans mes poches. Dis-moi, Zak, aurais-tu peur, par hasard ?

– Moi, peur ? Ha ha ha ! C'est juste un film, après tout ! Tout le monde sait que ce n'est pas réel !

– Alors, allons-y !

– Attends encore un peu, j'ai besoin d'aller aux toilettes...

Une excellente idée vient de me traverser l'esprit, mais je n'ai pas envie d'en parler tout de suite à Zoé.

Une fois dans la salle de bains, j'ouvre la pharmacie et je trouve ce que je veux. C'est une petite boîte rouge, en plastique, que je glisse au fond de ma poche. Je me sens aussitôt rassuré.

Quand je reviens au salon, je n'ai plus peur de rien... ou presque!

– Tu peux commencer le film, Zoé ! Je suis prêt à tout !

Zoé appuie sur le bouton, et ZAP ! c'est parti !

Chapitre 2
DE BELLES VACANCES !

Nous nous retrouvons dans un magnifique chalet, au bord d'un lac. Nous apercevons par la fenêtre trois jolies adolescentes qui se baignent. D'où nous sommes, nous les entendons rire et se taquiner. Jusqu'ici, il n'y a rien de trop épeurant !

– Je suggère de faire un tour pour découvrir les lieux, dis-je à Zoé. Ça pourra nous être utile, si jamais nous devons nous cacher ou nous enfuir. D'après moi, ces filles ne profiteront pas longtemps de leur bonheur !

– Bonne idée! approuve Zoé. Allons visiter la maison pendant qu'elles s'amusent dans le lac. Les gens qui habitent là doivent être très riches! Quelle belle demeure!

Zoé a raison: le salon est meublé de profonds divans de cuir et de bibliothèques pleines de vieux livres. Au-dessus du foyer de pierre trône une inquiétante collection de têtes de loup empaillées, toutes plus menaçantes les

unes que les autres. Je préfère ne pas trop les regarder.

Un escalier mène à l'étage, où se trouvent quatre chambres et deux salles de bains. Nous les explorons rapidement, puis nous redescendons dans le salon.

– Les jeunes s'appellent Kate, Anna et Martha.

– Comment l'as-tu appris? s'étonne Zoé.

– Facile! Leurs noms sont écrits sur leur sac à dos!

– Tu devrais devenir détective: tu as vraiment le sens de l'observation.

Je suis bien content d'entendre ce compliment, mais je n'ai guère le temps de le savourer. Les jeunes filles s'apprêtent à rentrer. Je me tourne vers Zoé pour la prévenir.

– Allons vite nous cacher ! Elles ne doivent pas savoir que nous sommes ici !

Nous avons tout juste le temps de nous réfugier dans une armoire à balais. C'est une cachette idéale : nous pouvons voir tout ce qui se passe par une fente entre deux planches.

– Je vais aller ramasser du bois pour faire un feu, annonce une des filles.

– Je t'accompagne ! propose une autre.

– Je préfère rester ici pour préparer le repas, dit la troisième. Soyez prudentes, et revenez vite ! J'ai un étrange pressentiment. Je sens qu'on nous surveille...

– Tu as trop d'imagination, Martha ! Mais n'aie pas peur, nous rentrerons le plus vite possible !

Kate et Anna s'en vont en riant, laissant la pauvre Martha toute seule dans la grande maison. Celle-ci se dirige bientôt vers la salle de bains. J'en profite pour parler à Zoé à voix basse.

Nous présenter?
Mais comment
leur expliquer que
nous sommes entrés
dans leur film grâce
à un chien qui a mordu
la télécommande?
Essayons de passer
inaperçus et allons
plutôt à la scène
suivante. D'après moi,
nous devrions nous
retrouver dans la forêt,
avec Kate et Anna...

Chapitre 3
PROMENADE AU CIMETIÈRE

Zoé appuie sur le bouton, et ZAP! nous nous retrouvons en effet dans la forêt, pas trop loin derrière Kate et Anna. C'est étrange: comment Zoé a-t-elle su ce qui arriverait si elle n'a jamais vu ce film? Je m'apprête à lui poser la question, mais je fais du bruit en marchant sur une branche morte.

– Quelqu'un nous suit! s'alarme une des deux filles.

Elles se tournent vers nous, mais nous avons tout juste eu le temps de nous cacher derrière un buisson.

– Tu as peur pour rien, Anna : il y a toujours du bruit dans la forêt, c'est normal !

Elles reprennent leur marche, et je les laisse s'éloigner avant de parler à Zoé.

– Elles croient que nous sommes des fantômes ! Nous devrions rester à distance pour ne pas les effrayer.

J'ai à peine eu le temps de finir ma phrase que nous entendons une des adolescentes crier :

– Oh ! Viens voir ça, Anna !

Nous nous approchons juste assez pour apercevoir ce que Kate a trouvé. Elle a les yeux écarquillés et regarde un tas de cailloux.

– Ce n'est rien, voyons, la rassure Anna. Ce ne sont que des pierres empilées !

– Je le vois bien, rétorque Kate, mais qui a bien pu avoir l'idée d'entasser des pierres au milieu de la forêt, et pourquoi ? Je n'aime pas ça du tout ! Et cet arbre tordu ! Ne dirait-on pas un squelette ?

– Celle-là, c'est la meilleure ! s'esclaffe Anna. Te rends-tu compte que tu as peur d'un malheureux tas de cailloux et d'un arbre mort? Je peux enlever ces cailloux, s'ils t'inquiètent tant. Rien de plus facile.

– Ne fais pas ça! s'écrie Kate.

Anna ne l'écoute pas. Elle se penche et commence à enlever les pierres une à une, mais elle s'arrête soudainement et recule d'un bond.

– Je... je crois finalement que tu avais raison, Kate, balbutie-t-elle d'une voix inquiète. Laissons là ces stupides cailloux et retournons aider Martha à préparer le souper. Elle a sûrement besoin de nous !

– Mais... et le bois pour le feu ?

– Ce n'est pas grave, nous mangerons de la salade ! Rentrons vite !

Qu'est-ce qui a bien pu la rendre si inquiète?

Nous laissons Kate et Anna filer au chalet, puis nous nous approchons à notre tour de l'endroit où elles se trouvaient. Nous voyons alors ce qui a provoqué la réaction d'Anna : il y avait des ossements parmi les pierres !

– Nos amies ont sans doute profané un cimetière amérindien sans le faire exprès, m'explique Zoé d'une voix grave. Dieu sait quels mauvais esprits elles ont réveillés...

... Comment sais-tu qu'il s'agit d'un cimetière amérindien?

– Je... euh... je l'ai deviné, c'est tout. C'est toujours comme ça dans les films d'horreur.

– Qu'est-ce qu'on fait, maintenant? La nuit va bientôt tomber et nous sommes perdus dans la forêt. Es-tu capable de retrouver le chemin du chalet, toi?

– Pourquoi traverser la forêt alors qu'il suffit d'utiliser la télécommande pour sauter à la scène suivante ? Mais... mais qu'est-ce qui arrive ?

Zoé est soudainement pâle comme la lune. Elle appuie nerveusement sur les touches de la télécommande, mais il ne se passe rien ! Elle me regarde avec des yeux inquiets et déclare :

Le bouton «avance rapide» ne fonctionne plus.

Je n'aime pas ça du tout! Tandis que Zoé essaie tous les boutons, je vois des éclairs zébrer le ciel et j'entends le tonnerre gronder à l'horizon!

Je mets la main dans ma poche pour vérifier si la boîte de plastique s'y trouve toujours, et je suis rassuré. Je sens que j'en aurai bientôt besoin.

Chapitre 4
L'ORAGE

– Ça y est, ça marche ! annonce Zoé. Il suffisait de changer les piles.

Ouf ! Elle appuie sur une touche, et ZAP ! nous nous retrouvons devant la porte de la maison, que les trois jeunes filles viennent tout juste de refermer derrière elles. La nuit est maintenant tombée.

– Cette fois, n'hésitons pas. Il faut que nous nous présentions. Plus nous attendons, pire ce sera !

– Je suis d'accord avec toi, Zak. Mais comment allons-nous expliquer notre présence ?

– Nous n'avons qu'à improviser ! Nous avons assez d'imagination pour cela !

– Tu as raison ! approuve Zoé, qui me semble moins brave depuis que le tonnerre a commencé à gronder.

Nous frappons une première fois, mais les filles ne répondent pas. Nous frappons une deuxième fois, en vain.

– Qu'allons-nous faire ? s'inquiète Zoé. Nous n'allons tout de même pas défoncer la porte !

Nous n'en aurons pas besoin, heureusement : la porte s'ouvre toute grande sur les adolescentes. Chacune braque sur nous une lampe de poche et tient un long couteau dans l'autre main.

– Ne bougez pas ! crie Anna. Jetez cette arme par terre !

– Ce n'est pas une arme, réplique tranquillement Zoé, c'est une télécommande !

– Mais... mais vous n'êtes que des petits enfants ! s'exclame Martha. Et nous qui pensions avoir affaire à des fantômes ! Vous nous avez fait une de ces peurs ! Qui êtes-vous, et que faites-vous dans la forêt à cette heure-là ?

– D'abord, nous ne sommes pas si petits que ça ! Je m'appelle Zak, et voici mon amie Zoé. Nous nous sommes égarés en faisant une promenade. Je dois vite appeler mes parents.

– J'ai bien un cellulaire, mais il ne fonctionne pas dans cette région, regrette Anna.

– Vos parents doivent être morts d'inquiétude ! répond Kate en se dirigeant vers le téléphone qui se trouve dans la cuisine.

Voulez-vous bien me dire pourquoi vous êtes sortis vous promener avec une télécommande ? Quelle drôle d'idée !

– Je croyais que c'était un téléphone, explique Zoé. Je suis parfois un peu distraite…

Bravo, Zoé! Je savais bien que nous étions capables d'improviser!

L'orage éclate pour de bon lorsque Kate décroche le combiné. Des trombes d'eau tombent sur le toit dans un vacarme assourdissant. Le tonnerre fait trembler le sol. Le vent hurle comme une armée de fantômes. Soudain, un éclair déchire le ciel et illumine toute la maison, qui sombre ensuite dans l'obscurité la plus totale: il n'y a plus d'électricité!

– Le téléphone ne fonctionne plus! s'écrie Kate. La ligne a été coupée!

– Ça suffit comme ça, dis-je à voix basse à Zoé. Appuie vite sur «pause» et rentrons à la maison!

Chapitre 5
ZAK PREND LES COMMANDES

Nous sommes de retour chez moi, confortablement assis sur le sofa du salon. Si nous avions pu proposer aux trois jeunes filles de nous suivre, je suis sûr qu'elles auraient accepté. Je n'aimerais pas être à leur place! Je ne peux m'empêcher d'avouer à Zoé:

– J'ai beau savoir que ce n'est qu'un film, je suis quand même terrorisé!

– Le pire, ajoute Zoé, c'est que nous n'avons encore rien vu de vraiment terrifiant. Ça ne fait que commencer!

– Tu as raison. Que dirais-tu d'arrêter le film et de jouer à un jeu vidéo?

– Je veux savoir comment ça finit, moi!

– Je te comprends, mais nous ne sommes pas obligés de participer à l'action! Nous pourrions faire comme tout le monde et regarder le film à la télévision!

– Il faut continuer ce que nous avons commencé, Zak! Ce n'est que du cinéma, après tout. Il n'y a aucun danger. Et puis tiens, je te donne la télécommande! Si tu as trop peur, tu n'auras qu'à appuyer sur «pause»!

J'aimerais quand même mieux rester à la maison, mais je finis par accepter sa proposition.

C'est moi qui suis maintenant aux commandes, mais ça ne m'empêche pas d'être effrayé !

Allons-y quand même. Un, deux...

Chapitre 6
OÙ EST ZOÉ ?

À trois, je me retrouve dans une cave sombre et humide, pleine de toiles d'araignées. Quelle horreur! J'entends des pas au-dessus de ma tête. Des pas lourds, qui produisent d'affreux grincements. Je regarde autour de moi, et je ne vois Zoé nulle part!

Une trappe s'ouvre, et quelqu'un s'engage lentement dans l'escalier. Je reconnais bientôt Martha qui descend les marches une à une, tout doucement, pour éviter que la flamme de sa bougie s'éteigne. Martha a le teint pâle, et la lumière vacillante lui donne un air de fantôme.

– Ce n'est pas prudent d'aller dans cette cave, l'avertit Anna, qui est restée en haut de l'escalier. Nous avons déjà perdu les deux petits enfants ! Reviens avec nous !

J'ai envie de lui crier que je ne suis pas si petit que ça, mais je me retiens. Martha ferait sûrement un arrêt cardiaque si je me manifestais !

– Je veux simplement vérifier l'entrée électrique, répond Martha. Peut-être que je peux changer un fusible et rétablir le courant ? Je sais comment ça fonctionne : mon père est électricien ! Je serai prudente, ne t'inquiète pas !

– Anna a raison ! ajoute Kate. Tu ne devrais pas y aller ! Il faut rester ensemble !

Mais Martha ne les écoute pas. Elle avance lentement, en tenant sa bougie devant elle. Comme je suis caché derrière une pile de boîtes, elle ne peut pas me voir. J'essaie de demeurer silencieux, sans bouger, et je profite de la faible lueur pour mieux examiner les lieux. Mais où est donc Zoé?

Martha a maintenant repéré la boîte de métal d'où sortent des dizaines de fils électriques. Elle l'ouvre, l'inspecte, mais ne décèle rien d'anormal. Elle abaisse ensuite une manette qui se trouve sur le côté de cette boîte, mais aucune lumière ne s'allume. C'est même le contraire : un courant d'air éteint la bougie, et la trappe de la cave se referme !

J'ai tellement peur d'entendre Martha crier que j'appuie vite sur « pause ». Il n'est pas question que je supporte ça tout seul ! Je dois absolument retrouver Zoé !

Chapitre 7
DES OISEAUX DE MALHEUR !

Et ZAP! me voici de retour chez moi. Je l'ai échappé belle!

Mais que faire, maintenant ? Comment retrouver Zoé?

J'ai une idée: et si j'avançais le film plus vite tout en restant ici? Si mon amie a atterri plus loin dans le film, je finirai bien par la trouver!

J'appuie sur la touche « avance rapide».

Je vois le film défiler à toute allure : des éclairs continuent à déchirer le ciel et illuminent le chalet, puis la caméra nous amène dans le salon, où se trouvent Kate et Anna. Le courant n'a toujours pas été rétabli, mais le téléviseur semble allumé et projette une lumière bleue.

Je reviens à la vitesse normale, tout en prenant la précaution de couper le son.

Je distingue bientôt ce que Kate et Anna voient sur l'écran de leur téléviseur : la pauvre Martha est attachée à un arbre, au milieu de la forêt. Comment s'est-elle retrouvée là alors qu'elle était dans la cave ? Comment se fait-il que le téléviseur fonctionne malgré la panne de courant ?

Comme j'ai coupé le volume, je ne peux pas comprendre les explications, mais peu importe.

Les yeux de Martha sont bandés, elle est bâillonnée, et d'affreuses silhouettes noires tournent autour d'elle. On dirait des hommes qui seraient vêtus de haillons et de plumes, comme s'ils étaient déguisés en corbeaux géants. L'un d'eux, qui semble être leur chef, s'avance vers la jeune fille, un long couteau à la main.

La caméra s'approche du visage de l'homme-oiseau, mais on n'aperçoit que ses yeux rouges, qui semblent brûler comme des feux. Il avance la main vers Martha, qui s'évanouit.

Ensuite...

Ensuite il n'y a plus rien! Kate et Anna ont toujours les yeux rivés sur leur téléviseur, mais l'écran est vide!

Même si je n'entends pas ce qu'elles disent, il est facile de deviner qu'elles ont reconnu l'arbre mort, près du cimetière amérindien.

Elles ouvrent la porte et foncent courageusement dans la nuit pour aller secourir leur amie.

J'appuie sur « avance rapide » afin de gagner du temps.

Kate et Anna courent alors si vite que c'en est presque drôle : elles tombent, se relèvent, tombent encore et se relèvent aussitôt, comme des policiers dans un vieux film muet.

Mais il arrive bientôt quelque chose qui n'est pas drôle du tout : Anna tombe dans un gouffre ! Elle essaie de s'accrocher aux racines, mais elle glisse jusqu'au fond du trou et perd connaissance !

Kate appelle Anna, sans se douter que ses cris alertent les hommes-corbeaux aux yeux rouges. Ceux-ci l'encerclent, leurs couteaux à la main. Quel film terrifiant! Heureusement que je le regarde à la télévision plutôt que de faire partie de l'action!

Le chef des hommes-corbeaux est maintenant tout près de Kate, qui ne se rend compte de rien.

Mais... Mais qu'est-ce que je vois? Serait-il possible que...

J'appuie sur la touche « pause », je m'approche du téléviseur, je regarde attentivement... mais oui, c'est Zoé, qui assiste à la scène, cachée dans la forêt ! Il faut vite que j'aille la rejoindre, peu importe ce qui arrivera ! Mais auparavant, je prends mes précautions et j'ouvre ma boîte de plastique. C'est le moment d'utiliser mon arme secrète contre la peur !

Chapitre 8
ÇA SE PRÉCIPITE !

Je rejoins Zoé, qui est cachée derrière une grosse pierre couverte de mousse. Il est supposé faire noir, mais la lune sort des nuages juste au bon moment pour nous éclairer.

– Bzzz bzzz bzzz bzzz bzzz, me dit-elle.

Je ne comprends rien à ce qu'elle me raconte ! Je veux bien croire qu'il faut chuchoter pour ne pas être repérés, mais il y a tout de même des limites !

– Parle plus fort ! lui dis-je. Je n'entends rien !

– Bzzz bzzz bzzz bzzz bzzz ! répète-t-elle d'un air fâché.

Je finis par m'apercevoir que ce n'est pas elle qui parle trop bas, mais plutôt moi qui ai les oreilles bouchées. J'enlève mes bouchons, et Zoé me regarde d'un air intrigué.

– Veux-tu bien me dire pourquoi tu as mis ces bouchons dans tes oreilles ? me demande-t-elle.

– Je suis prêt à te l'expliquer, mais c'est un peu gênant. Promets-moi d'abord de ne pas te moquer de moi.

– C'est promis !

– Les films de peur, ça me fait *vraiment* peur. Il y a toujours des filles qui poussent des cris de terreur, des chiens qui hurlent, des planchers qui grincent, des coups de tonnerre, de la musique inquiétante avec des TADAM ! qui arrivent aux pires moments et qui me font sursauter. J'ai pensé que si j'avais des bouchons dans les oreilles, ce serait bien plus facile à supporter. Juste avant de partir, je suis donc allé dans la salle de bains pour emprunter ceux que ma mère utilise parfois, la nuit, pour mieux dormir.

– Tu n'as pas à avoir honte, me rassure Zoé. Je te comprends ! J'ai eu peur moi aussi quand j'ai atterri plus loin que toi dans le film. Je ne sais pas ce qui est arrivé à la télécommande, mais on dirait qu'elle s'est mise à nous jouer des tours!

Ouf! Sa réaction me soulage! J'avais tellement peur qu'elle se moque de moi, elle qui est si brave!

– Nous sommes maintenant proches de la fin, enchaîne Zoé. Les hommes-corbeaux vont bientôt allumer un feu. Ils veulent faire brûler les trois filles pour les punir d'avoir profané leur cimetière.

– Comment le sais-tu ?

– ... J'avais déjà vu le film, avoue Zoé en rougissant. Je ne voulais pas te le dire, pour que tu me croies courageuse... La vérité, c'est que j'avais trop peur ! Je t'ai menti, Zak, et je m'en excuse.

Zoé penche la tête en disant ces mots et elle semble tellement honteuse que je lui pardonne aussitôt.

Il faut dire que je suis si content de l'avoir retrouvée que je lui pardonnerais n'importe quoi ! L'essentiel, c'est de nous sortir de cette histoire. À deux, ce sera sûrement plus facile.

– Qu'est-ce qu'on fait, maintenant ? Martha est ligotée à un poteau, Anna est inconsciente au fond d'un trou et Kate va bientôt se faire enlever par les hommes-corbeaux... Leur situation est désespérée !

– Il est inutile de nous en faire pour elles, répond Zoé. Elles s'en tireront très bien sans nous, tu peux me croire. Je peux te raconter la fin, si tu veux: les trois jeunes filles seront emmenées sur un bûcher. Le chef des hommes-corbeaux sera sur le point d'allumer un feu lorsqu'il apercevra une tache de naissance en forme d'oiseau sur le poignet de Kate. Ce signe lui indiquera que Kate est la descendante directe d'une princesse amérindienne.

Zoé regarde en l'air et pousse un soupir pour montrer qu'elle trouve le scénario un peu débile, puis elle poursuit:

– Il laissera donc la vie sauve à nos amies, mais elles devront boire une potion qui leur fera perdre la mémoire. Les trois filles se réveilleront dans le chalet le lendemain matin, et elles auront tout oublié. Mais quand Anna racontera aux autres le cauchemar qu'elle a fait pendant la nuit, elles s'apercevront qu'elles ont fait toutes les trois le même rêve!

– C'est plutôt nul comme fin, non ?

– Je suis d'accord. Bon, nous avons assez discuté, Zak : je te suggère de retourner dans ton salon le plus rapidement possible.

Je regarde autour de moi et je comprends vite pourquoi Zoé me fait cette proposition : nous sommes entourés d'hommes-corbeaux aux yeux de feu, qui sont armés de longs poignards et qui nous regardent d'un air menaçant. Ils vont se précipiter sur nous d'un moment à l'autre, et je n'ai pas le temps de vérifier sur mon poignet si j'ai une tache de naissance amérindienne !

Cette fois-ci, cependant, il n'est pas question que je perde Zoé ! Je la prends par la main, et ZAP !

Chapitre 9
CE N'EST PAS FINI !

Ouf! Nous voici de retour dans le salon. Notre télécommande a bien fonctionné ce coup-ci, heureusement pour nous! Zoé est assise à mes côtés, et sa main est encore dans la mienne. Quand elle s'en aperçoit, elle pousse un cri et quitte la pièce en courant.

Je la comprends d'avoir réagi de cette manière, mais pourquoi est-elle allée s'enfermer dans la salle de bains, et pourquoi y reste-t-elle si longtemps?

Je m'approche de la porte pour m'assurer que tout va bien, mais celle-ci s'ouvre devant... un vampire!

Je sens mon cœur s'affoler dans ma poitrine, mais bientôt j'éclate de rire : ce n'est pas un vampire, mais Zoé, qui éclaire son visage par en-dessous avec une lampe de poche. Elle a coincé deux gros morceaux de maïs soufflé entre ses dents et ses lèvres pour imiter des canines.

– Attends un peu, lui dis-je. Je vais aller chercher du ketchup dans la cuisine pour faire du sang !

– Tu pourrais aussi apporter de la moutarde et du vinaigre, répond Zoé. Et n'oublie pas le sel et le poivre !

– ... Pourquoi ?

– Les vampires doivent se lasser de toujours boire du sang. Peut-être qu'ils apprécieraient quelques assaisonnements !

Ce n'est pas vraiment drôle, mais nous nous tordons les côtes tellement nous rions. Après avoir eu peur, ça fait du bien !

Mot sur l'auteur, François Gravel

François Gravel n'a pas peur des films d'horreur. Il en a TRÈS peur! Voilà pourquoi il n'en regarde jamais, ou alors il se ferme les yeux et se bouche les oreilles!

Heureusement que Zak et Zoé sont plus braves que lui!

Mot sur l'illustrateur, Philippe Germain

Philippe Germain adore les films d'horreur, malgré les cauchemars qu'ils lui font faire. «La curiosité est plus forte que la peur...» nous a-t-il expliqué.

Aussi, juste avant de se laisser entraîner par Zak et Zoé dans leur film d'horreur et de commencer les illustrations de ce roman, Philippe a peut-être dû se répéter à quelques reprises: «Peur pas peur, j'y vais!»

Mais, ce dont on peut être certain, c'est que sa peur de l'horreur n'est pas parvenue à lui faire perdre son grand brio d'illustrateur.

Les histoires de **Zak** et **Zoé**

Auteur : François Gravel
Illustrateur : Philippe Germain

Série Sports extrêmes

1. Du soccer extrême !
2. Ça, c'est du baseball !
3. OK pour le hockey !
4. Il pleut des records

Série Cinéma extrême

5. Silence, on zappe !
6. À nous deux, Barbe-Mauve !
7. Peur pas peur, j'y vais !
8. Hollywood, nous voici ! (janvier 2013)

RECYCLÉ
Papier fait à partir
de matériaux recyclés
FSC® C103567

Marquis imprimeur inc.

Québec, Canada
2012

Imprimé sur du papier Silva Enviro 100% postconsommation
traité sans chlore, accrédité ÉcoLogo et fait à partir de biogaz.